鬥嘴一班 ⑩

最溫暖的聖誕

卓瑩 著

新雅文化事業有限公司
www.sunya.com.hk

人物介紹

文樂心
（小辮子）

開朗熱情，
好奇心強，
但有點粗心
大意，經常
烏龍百出。

高立民

班裏的高材生，
為人熱心、孝
順，身高是他
的致命傷。

江小柔

文靜溫柔，善解人意，
非常擅長繪畫。

胡直

籃球隊隊員，
運動健將，只
是學習成績總
是不太好。

黃子祺

為人多嘴，愛搞怪，是讓人又愛又恨的搗蛋鬼。

周志明

個性機靈，觀察力強，但為人調皮，容易闖禍。

吳慧珠（珠珠）

個性豁達單純，是班裏的開心果，吃是她最愛的事。

謝海詩（海獅）

聰明伶俐，愛表現自己，是個好勝心強的小女皇。

第一章　寒冬送暖

　　今天是入冬以來最嚴寒的一天，
室外氣溫只有攝氏七度，連帶教室也
陰冷得像電冰箱似的。每個同學都緊
裹着羽絨大衣和圍巾，一動不動地窩
在座位中，從遠處看過去，彷彿是一

堆不知被誰抬進教室裏充當學生的雪
人。

被乾燥的大北風吹得臉蛋兒紅撲
撲的文樂心，瑟縮着纖弱的身子，有
氣無力地道：「為什麼學校不安裝暖

氣設備啊？真要冷死人呢！」

　　鄰座的高立民雖然同樣蜷縮在座位上，卻不忘嘲笑她道：「你真是有公主病！想要暖氣設備很容易啊，你只要長得再像國寶熊貓多一點，我保證你可以隨時入住

四季如春的恆温室，還會有無限量的竹葉供應呢！」

「哼，討厭鬼！」文樂心很不爽地朝他聳了聳鼻頭，換作平日，她必定會反駁回去，但現在的她卻早已冷得連跟他拌嘴也覺得太費勁。

上課時間到了，班主任徐老師向大家宣布：「還有三個多星期就是聖誕節假期了，學校打算在假期前安排大家探訪一所兒童院舍，為住在院舍裏的兒童送上關愛。」

老師的話立時引起文樂心的好奇，本來還是沒精打采的她立刻把口

袋裏的手掏出來，舉手發問：「徐老師，請問什麼是兒童院舍？」

徐老師認真地講解道：「兒童院舍專門為家庭出現照顧困難的兒童提供一個臨時或長期性的居所，院方會按照兒童的年齡和性別為他們分配不同的院舍。」

簡潔地介紹完畢後，徐老師隨即話鋒一轉，道：「由於我們即將探訪的孩子年齡跟你們相若，我想請大家為他們設計一些既合適又有趣的節目，可

以嗎？」

　　「當然可以啦！」同學們精神一振，被寒風冰封了的腦袋一下子全復活過來。

文樂心

興奮地說：
「我們可以玩丟
手帕啊！」

　　「幼稚！」黃子祺搖頭失笑道：
「這個遊戲早在我上幼稚園的時候便
已經玩膩了啦！」

文樂心鼓起腮幫子道：「遊戲哪有分幼稚不幼稚的？好玩不就行了？」

「遊戲嘛，當然是越具創意越有趣啦，譬如說，我們可以玩妖魔鬼怪扮演大賽，看誰的造型最出色。」黃子祺提議道。

徐老師聞言啼笑皆非，說：「請注意，我們現在慶祝的是聖誕節，而不是萬聖節啊！」

熱愛籃球的胡直

笑嘻嘻地道：「老師，現在天氣這麼冷，不如來一場籃球比賽暖暖身子吧！」

徐老師還未答話，謝海詩已經搶先插嘴說：「籃球可不是每個人都會，還不如唱歌來得容易啊！」

「你們這些節目都太沉悶了吧！」高立民聽得大搖其頭，說：「既然是慶祝聖誕節，最合適的節目，莫過於上演一齣輕鬆惹笑的聖誕短劇啦！」

胡直想了想問：「這個主意雖然不錯，但現在距離探訪的日子只剩下三個星期，哪兒還有時間籌備啊？」

徐老師眼見大家意見紛紜，於是果斷地說：「其實兒童院舍的地方不

算大，容不下我們一整班同學，只能挑選部分同學出席。為了公平起見，我給你們一天的時間回去好好準備，明天我們會即場進行投票，看看誰能參與這次活動吧！」

翌日早上，班裏的早會還未開始，同學們便已經迫不及待地拿出自己的「法寶」來向大家推介，令教室變得比年宵市場還熱鬧。

高立民把一塊白色絲巾披在頭上，絲巾上還緊綁着一根麻繩，神氣十足地問大家：「你們知道我是誰嗎？」

文樂心一看便「哇」的一聲，大驚小怪地指着他的頭喊：「你的頭怎麼啦？受傷了嗎？」

正自鳴得意的高立民頓時好不洩氣，沒好氣地瞪她一眼，道：

我這身打扮分明就是聖母瑪利亞的丈夫若瑟，你怎麼連這個也看不出來？

文樂心認真地再打量了他一眼，吃吃地笑說：「若瑟？可是我怎麼看都覺得像護士長多一點啊！」

「跟你這種笨女生說話真沒勁！」高立民沒趣極了，正要轉身走開，吳慧珠忽然站起來說：「既然你們喜歡猜謎，何不跟我一起玩猜詞語遊戲啊！」

她站直身子，雙手同時筆直地往上舉，再將一對手掌斜斜相對地做出尖尖的形狀，然後笑嘻嘻地問：「你們看我的動作，猜一樣東西吧！」

周志明歪着頭想了想，說：「是金字塔嗎？」

吳慧珠笑着搖搖頭道：「不對，你再看一遍吧！」

她重新把雙手從腰際往空中伸延，來來回回地做了好幾遍，似乎在暗示些什麼。

「我知道了，是火箭升空！」周志明滿以為這次一定猜對了，誰知吳慧珠仍然搖着頭說：「不對啊！」

周志明不相信地抗議道：「你騙人，我怎麼可能猜錯！」

　　吳慧珠急了，只好說出謎底：「答案是鉛筆啊！」

　　「什麼？」周志明更不服氣了，他按照她的動作再比畫了一次，語帶不滿地說：「這個動作怎麼可能是鉛筆啊？你分明是胡來的吧！」

　　吳慧珠委屈地嘟起嘴巴，說：「我哪有胡來？是你自己沒猜中而已！」

　　謝海詩見他們把氣氛弄得有點僵，急急提起兩根彩色絲帶，輕盈地跨步上前，說：「好啦，該輪到我出

場了！」

　　她雙手各執一根彩帶，從容不迫地往左右一揮，四肢便連隨舞動起來。她的動作既輕柔又活潑，握在手中的彩帶仿如一雙艷麗的七彩鳳凰，隨着她曼妙的舞姿，在半空中靈巧地飛躍翻騰。

「海詩，你很厲害啊！」同學們都不禁為她歡呼喝彩。

就在這時，一個身影飛快地跑上前來，此人在鼻頭下黏着一大片棉花、頭上戴着一頂紅色的聖誕帽，還刻意模仿聖誕老人「呵呵呵」的豪邁笑聲，道：「海獅，你的舞是跳得不錯，但這跟聖誕節完全風馬牛不相及，哪像我這個聖誕老人跳踢躂舞來得應節啊！」

原來這個人是黃子祺，他邊說邊

開始跳起踢躂舞來。

經黃子祺一提醒，大家便記起了他曾經在才藝大賽上表演踢躂舞，當時他因為動作太大，還弄得褲子「咔嚓」爆開了。同學們忍不住嘲笑他道：「你跳的不是踢躂舞，而是『咔嚓舞』啊！」

「那不過是個意外而已！」黃子祺正想向大家解釋，文樂心卻已經跑了過來，手上揚着一些以手工紙摺成

的聖誕花和聖誕老人，自信滿滿地介紹說：「我可以教大家摺聖誕裝飾，讓你們的家充滿聖誕氣氛！」

「好主意啊！」喜歡小飾品的女生們都點頭讚好，但男生們卻一個勁兒地搖頭擺腦，說：「不要了吧，做手工太無聊了！」

「既然如此，大家跟我一起唱聖誕歌吧，這樣便最簡單也最應節了！」嬌小玲瓏的江小柔忽然從人叢中鑽了出來，在大家還未及反應之前，她那把温柔的嗓音便已經傳進每個人的耳窩裏。

本來喧鬧不堪的同學們霎時變得寂靜無聲，大家都驚訝地望着江小柔，讚歎道：「喔唷，原來小柔的歌聲如此動聽！」

江小柔見自己猛然成為眾人的焦點，不禁有些害羞起來，連忙急急把聲浪壓低。

突然間，一陣響亮的掌聲從教室門口傳來，大家回頭一看，才發現原來徐老師不知何時已走進教室了呢！

同學們都嚇了一跳，慌忙回到各自的座位上去。

徐老師倒是挺寬容地笑着說：

「不用急，我知道你們是在互相推介
不同的活動。怎麼樣？你們是否已經
推介完畢了？」

　　徐老師看了大家一眼，見沒有人

舉手，於是點點頭道：「如果沒有人反對，那麼我們便直接進行提名及投票吧！」

徐老師把所有獲提名的活動名稱都寫在黑板上，然後請同學們舉手投票。經過一輪激烈的選舉後，終於由高立民的聖誕短劇、吳慧珠的猜詞語、江小柔的唱聖誕歌以及文樂心的摺紙遊戲入選為當日的節目。

徐老師微笑着囑咐道：「好啦，既然節目已經定下來，你們便得趕快爭取時間預備了。請四位入選的同學

出任隊長，並自行邀請願意協助的同
學參與。不過由於院舍面積有限，演
出的人數請盡量精簡。」

　　落選的黃子祺見文樂心也能入
選，心裏很不服氣，但這畢竟是同學
們一同表決的結果，他不敢異議，只
好低聲嘟噥：「莫名其妙！難道他們
是在選『最沉悶節目』嗎？」

第三章 猜謎大比拼

　　這天午膳後，江小柔走到教室前，誠懇地向在座同學召募，說：「在探訪當天，我想邀請幾位同學跟我一

起合唱，請問有誰願意參與啊？」

也許是團體合唱難度不高，除了好友文樂心首先表示支持外，有好幾位同學都樂於嘗試。江小柔見狀忙興奮地招呼道：「請大家一起上前練習吧！」

她不慌不忙地走到教師桌前，按照徐老師預先的指示按動電腦，一些充滿聖誕氣息的旋律隨即響遍教室，聽着聽着，令人有一種聖誕節已然降臨的錯覺。

當江小柔帶領大家一起唱着耳熟能詳的歌曲時，一把尖銳的男聲從人羣的後方傳出來，把正陶醉在美妙旋律當中的同學們都嚇了一大跳。

大家循聲望去，發現那裏站着一位男生——黃子祺。

謝海詩捂住耳朵説：「黃子祺，拜託你別再唱了，你這樣子會把小朋

友都嚇跑的！」

　　其他同學也附和着說：「沒錯，老師不是說名額有限嗎？我們要挑最好的人參與演出啊！」

　　被人如此嫌棄，黃子祺感到既丟臉又難堪，不禁負氣地說：「不唱就不唱，我才不稀罕呢！」

他氣呼呼地走開了，當經過吳慧珠的座位時，卻發現她和謝海詩正頭碰頭地喁喁細語，吳慧珠還不知在一張紙上寫着些什麼。他的好奇心頓時熾熱起來，立刻把桌上的紙一手奪過，問：「你們在幹什麼啊？」

「快還給我！」吳慧珠冷不防被他這麼一搶，急得跳起身欲把紙搶回來，但黃子祺身手十分敏捷，馬上往後急退好幾步，還邊跑邊把紙上的字朗讀出來：

小白兔、長頸鹿、電視機、飛機、踢足球、捉迷藏⋯⋯

坐在附近的周志明見有好玩的，也興致勃勃地走過來湊熱鬧。他看見

紙上寫着連串毫無關聯的字詞，頓時明白地「哦」了一聲，道：「這些便是猜詞語的謎底嗎？那麼請問『電視機』該怎麼表達？」

吳慧珠想了一會兒後，便舉起雙手在空中比出一個大大的長方形。

黃子祺和周志明都忍不住大笑出

聲，道：「就這樣？不過就是個長方形而已，哪兒像個電視機了？」

「就是要你們猜猜看嘛！」吳慧珠不以為然地說。

黃子祺搖頭歎息，擺出一副好心規勸的表情道：「我看你還是算了罷，免得到時當場出糗，害我們丟臉呢！」

吳慧珠氣

惱地反駁道：「你

憑什麼這樣瞧不起人？難道

你就能做得比我好嗎？」

黃子祺神氣地一昂鼻頭，說：「當

然，我才不會像你這麼笨呢！」

周志明也趕忙接口道：「對對對，

任誰也能做得比你好呢！」

吳慧珠被他們一唱一和，氣得臉

都白了：「你們太過分了！」

　　坐在旁邊的謝海詩看不下去了，「霍」的一聲站起來，衝他倆微微一笑說：「好呀，既然你們如此有自信，那麼在探訪當天，我們便分成兩組，輪流讓小朋友來猜我們的動作，看看誰的得分多，好嗎？」

「哟，這樣挺好玩啊！」他們倆一聽可來勁了，黃子祺更是得勢不饒人，還扭頭向全班同學道：

為了公平起見，我們邀請全班同學替我們出題，你們說好嗎？

抱着看好戲心態的同學們自然是求之不得，吳慧珠卻不免有些着急，暗中拉了拉謝海詩的衣角，悄聲問：「我們這樣真的行嗎？如果輸了會很沒面子啊！」

　　謝海詩咬了咬嘴唇，以無比堅定的決心說：「就是因為如此，我們才更應拚盡全力，為自己爭回一口氣啊！」

第四章 眾志成城

　　至於講述耶穌誕生的聖誕短劇，由於時間緊迫，徐老師私下花了兩晚時間為他們撰寫了一個簡短的劇本，然後開始從同學當中挑選角色。

　　這個聖誕短劇是當天的壓軸好戲，每個人都渴望能參與演出，故此他們都腰板挺直地望着老師，務求能吸引老師的注意，殊不知徐老師其實心裏早有定案。

　　她那銳利的目光只往班上輕輕一掃，名字便一個接着一個像順口溜似

的從她嘴裏滑出來：「高立民和謝海詩，你們當若瑟和瑪利亞；胡直、周志明和黃子祺，由你們扮演從東方來送賀禮的幾位博士吧！」

胡直、周志明和黃子祺見自己居然榜上有名，都興奮得齊聲歡呼。

徐老師接着又挑了好幾位同學當牧羊人和馬槽的主人，然而除了當瑪利亞的謝海詩外，竟然沒有一位是女生。

女生們見角色大多落在男生身上，都顯得有些失望，吳慧珠更忍不住為大家抱不平，說：「徐老師，為

什麼就只有男生能入選啊？」

　　徐老師聳了聳肩，一臉無奈地笑道：「我也沒辦法，耶穌誕生的故事就只有這幾個角色，他們大部分都是男性。」

　　「噢！」吳慧珠無力地應了一聲，便垂下頭來。

　　徐老師見吳慧珠如此失望，有些於心不忍，於是補上一句：「這樣吧，我就讓你來當那顆帶領博士們尋找耶穌的星星，好嗎？」

　　「好啊，好啊！」雖然只是個跑龍套的小角色，但吳慧珠已經心滿意

足了。

　　文樂心和江小柔有見及此，也爭相舉手道：「老師，我們也想幫忙啊！」

　　「很好！」徐老師欣慰地點點頭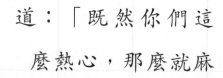道：「既然你們這麼熱心，那麼就麻

煩你們負責道具和場景等雜務吧！」

文樂心高興地跟江小柔商量道：「你的畫工了得，由你來設計佈景板便最合適不過，道具方面就由我來負責好了！」

「好，沒問題！」江小柔爽快地答應。

49

高立民聽見文樂心也有份參與，便不安地皺起眉頭，暗中輕碰她的手肘問：「欸，小辮子，你真的行嗎？你千萬別壞了我的大事啊！」

文樂心擺了擺手，嘖嘖有聲地更正他道：「你錯了，這可不是你的大事，而是我們這一班的大事呢，我一定會全力以赴的！」

高立民仍然不太信任她，但既

然她是由老師親自指派的，他也只好無奈地說：「但願如此！」

文樂心也並非口頭說說而已，她真的很用心地為大家四處張羅戲服和道具，即使只是很微小的事情也力求盡善盡美，還不惜把自己最心愛的洋娃娃拿回來當小耶穌，連江小柔也大為驚訝：「這可是

你最喜歡的洋娃娃啊，你不怕會被弄髒嗎？」

「沒關係啦，現在演的是耶穌的誕生，如果連小耶穌也沒有，好像有點說不過去。」文樂心大方地笑道。

高立民把這一切看在眼內，嘴上雖然一句話也沒說，但心底裏其實也對她有些另眼相看：「沒想到向來粗心大意的小辮子，居然也有心思細密的時候啊！」

第五章 將錯就錯

　　兒童院舍位於山腰的一個斜坡上，是一幢只有五層高的樓房，鄰近的建築物亦盡是相類似的小房子，無論汽車和行人都較鬧市疏落，所以空氣也格外清新怡人。

當同學們抵達兒童院舍門前時，他們立時被眼前清幽雅致的院舍吸引住了。

　　院舍門前有一個精緻的小花園，井然有序地擺放着各種漂亮的小盆栽，大門兩旁還有好幾盆鮮艷奪目的聖誕花，每朵聖誕花都張着火紅色的嘴巴，向所有路過的人殷勤地展現出最可愛的笑容。

愛花的江小
柔雀躍萬分，立即
湊上前去左聞右嗅
的，文樂心取
笑她道：「小
柔你這個樣子，十足
一頭正在協助警察搜索
違禁品的警犬呢！」

　　江小柔呵呵一笑說：「這
些聖誕花長得太燦爛了嘛！」

　　就在大家言談之間，
一位身穿紫色襯衣的

中年女士，領着一羣年齡跟他們差不多的孩子出門相迎，親切地笑道：「歡迎你們，我是關阿姨，是這兒的負責人。」

徐老師趕忙上前跟她打招呼，正在談笑的同學也趕緊站好，一本正經地向她點頭打招呼

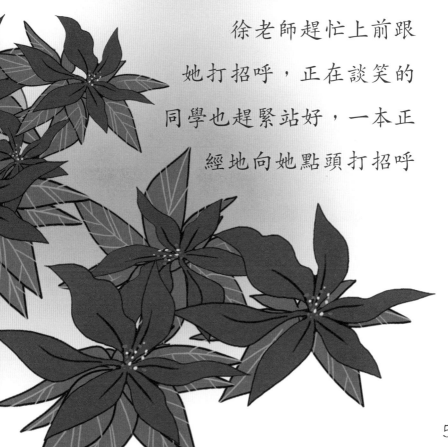

道：「關阿姨您好！」

　　這時，一位看來比大家小一、兩歲的小女孩從人羣中走了出來，捧着一張巨型的自製聖誕卡來到徐老師跟前，畢恭畢敬地說：「祝你們聖誕快樂！」

關阿姨笑着上前介紹道：「她叫妮妮，是住在這兒年紀最小的小朋友。」

徐老師驚喜地接過聖誕卡，俯下身溫柔地問：「妮妮，這張聖誕卡很漂亮啊，是不是你畫的？」

妮妮回頭指了指身後的其他小朋友，道：「這是我跟他們一起畫的。」

「哦，謝謝你們啊！」徐老師微笑着說。

妮妮隨即揚手指了指大門口，笑道：「歡迎大家光臨！」

同學們跨進門一看，都驚訝地發現原來院舍的陳設跟尋常家庭的客廳一般無異，無論沙發、茶几、餐桌以及電視機等設施也一應俱全。

當文樂心看到那台懸掛在牆壁上的巨型電視機時，忍不住讚歎道：「哇，很大的電視機喲！」

高立民白她一眼，説：「噓，小辮子你別大驚小怪好不好？真丟人！」

關阿姨回頭嫣然一笑，道：「為了讓住在這裏的孩子有家的感覺，我們的院舍參照一般家居的陳設來布置，這兒的一草一木，大多由熱心人士捐贈，這台電視機也不例外。」

「哦，原來如此！」文樂心恍然地道。

「樓上還有其他不同的設施呢！」關阿姨熱情地領着大家沿着梯級步上二樓。

二樓的

裝潢跟學校裏的活

動室倒是挺相像的，四周

的牆壁全部設有大型的壁報板，

上面貼滿小朋友的畫作和文章。除了

壁報板下方放着幾列摺疊桌椅外，其

餘的地方，都是故意騰空出來留作活

動之用。

　　關阿姨介紹道：「孩子們平日就是在這裏嬉戲和用餐的，這兒也是我們舉行特別活動的地方。」

　　江小柔一看到這個活動室，立時驚喜地道：「這兒很寬敞啊！」

　　　　　　徐老師點點頭接口道：「是啊，待會兒我們便是在這裏表演了。」

參觀完畢後，關阿姨及院裏的工作人員便開始把旁邊的摺疊椅子，一張一張地整齊排列開來，然後指揮各位小院友魚貫入座。

　　負責佈景設計的江小柔和文樂心則趁着這個空檔，匆匆跑到一個靠牆的位置，合力把一幅以「夜空下的馬槽」為主題的巨型畫作取出來，固定在壁報板上。有份參演的同學也紛紛配合地跑上前站好，預備開始表演。

　　待一切都安排妥當後，徐老師站在這個臨時的「舞台」前，親切地對大家說：「各位小朋友，我們是來自

藍天小學的師生，我們即將為大家送上一連串精彩的節目，你們準備好了嗎？」

「準備好！」二十多位小朋友齊聲回答。

他們的第一個表演項目，是江小柔負責領軍的聖誕大合唱。當江小柔一開腔，整個活動室便靜了下來，每個人都被她甜美的歌聲震撼

住，其他同學也配合地一起和唱，並隨着節拍舞動起來。

不過，剛開始時文樂心似乎還未能進入狀態，大家都一致地往右轉的時候，她卻往左轉；大家向左轉時，她卻向右轉。當她發現自己做錯了，

急着要修正過來時，大家已經轉換了別的動作，她只好手忙腳亂地又再跟着轉，令台下的人都笑得合不攏嘴，氣氛瞬即熱鬧起來。

隨着一段段熟悉的旋律傳入耳
內，小朋友們也不由地跟着哼起來，
江小柔於是提議道：「來，我們玩傳
球遊戲！大家一邊唱歌一邊傳氣球，
當音樂停下來的時候，手上有氣球的
人便要上前高歌一曲，好不好？」

　　「好！」大家熱烈地和應，連
負責和唱的同學都跑到小朋友羣

中一起參與。

　　當江小柔的
嗓音再次響起時，

大家都緊張起來，球剛傳到手中，便
急急把它再傳給鄰座。不久，音樂止
住了，氣球會落在誰人之手呢？

　　大家往左右察看，只見黃子祺正
捧着氣球，不知所措地在傻笑。

見識過黃子祺的「美妙」歌喉的同學們，都大搖其頭道：「慘了，我們的耳朵要受罪了！」

黃子祺也很有自知之明，本想隨便找個藉口推搪過去，但見小朋友們都一臉

期待的樣子，又不想讓他們失望，於是索性刻意唱得荒腔走調，再配合一連串搞怪動作，倒博得眾人一陣熱烈的掌聲。

他見自己三兩下子便扭轉了局面，得意極了，回到座位時還忍不住昂起鼻子，樂滋滋地自誇道：「哈哈，看來我這招將錯就錯也蠻管用嘛，大家笑得多高興啊！」

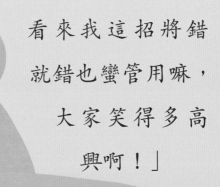

第六章 人算不如天算

　　接下來的第二個節目，是吳慧珠、謝海詩連同黃子祺和周志明一起進行的猜詞語遊戲。他們以二人為一隊，其中一人負責把寫着詞語的紙牌展示給隊友，而隊友則須在指定時間內，用動作把詞語演示出來，務求觀眾能猜中詞語，並以得分最多的一隊為勝。

　　因為這個遊戲關係到兩隊的勝負，吳慧珠顯得有些緊張，謝海詩見狀，說：「珠珠，你負責拿紙牌吧，

我來做動作好了。」

　　不過，珠珠對於那天黃子祺取笑自己時的可惡模樣，仍然念念不忘，於是堅決地道：「這是我跟黃子祺的比試，我必須親自和他較量才公平。」謝海詩見她一臉堅持，便只好由她了。

　　由於詞語是其他同學預先定下的，她們無法預習，只能靠臨場表現，但無奈每題只有三十秒的時間，吳慧珠有幾次連該做什麼動作也未想好，時間便已經到了。結果，能讓大家猜得出來的詞語，只有寥寥數個。

吳慧珠失望地歎道：「唉，這次一定會輸給黃子祺了！」

黃子祺得意洋洋地跟周志明說：「看來，我們可以不費吹灰之力便能取勝！」

周志明也「咭咭咭」地嘲笑道：「這隻小豬根本就是不自量力嘛！」

他們倆的表現的確挺合拍，周志明眼明手快，而黃子祺的動作也能切中主題，小朋友們很快便猜中兩道題了。

然而，當黃子祺正要為一道題做出「一字馬」的姿勢時，卻忽然「咔」

的一聲，放了一個響屁，這個響屁聲
浪之大，連台下的小朋友也聽得清清
楚楚。

「哇，好臭啊！」大家立刻掩住
鼻子。

黃子祺尷尬得紅了臉，但他仍然故作鎮定地繼續完成剛才的動作。可是，過不了兩秒鐘，他又憋不住再放了一個響屁，嚇得他立時定住了身子，然而一道題的時間，便在這一瞬間過去了。

大家看見他這個狼狽相，都邊笑邊議論紛紛：「他怎麼了？是拉肚子了嗎？」「哪兒來那麼多屁啊？他簡直就是『放屁大王』嘛！」

黃子祺心裏着急，很想回復剛開始時的狀態，但又擔心自己還會再放屁，動作不由地放慢下來，令他接下

來很多道題也無法及時完成。

　　最後，他們這一隊的得分，居然比起吳慧珠那一隊還要少。

　　吳慧珠和謝海詩見自己意外地反敗為勝，都喜出望外，禁不住興奮得高舉雙手，連聲歡呼道：

我們贏了！

我們贏了！

「我們分明比她們優秀的嘛！」周志明很不服氣。

　　因為自己的問題而輸掉比賽，黃子祺也感到很不好意思，但放屁這回事嘛，真的不是他所能控制，他只好一臉灰溜溜地低聲咕噥：「哼，若非我有所顧忌，她們哪兒是我們的對手？放心，下次我們一定會打敗她們的！」

第七章　最精彩的情節

　　讓人期待已久的節目——耶穌誕生的短劇，終於要正式上演了。

　　同學們都十分興奮，紛紛從自己的背包裏取出預備好的戲服及道具，以簡單的裝扮變身後，便立刻各就各位，只待徐老師一聲令下，表演便會正式開始。

　　就在這時，文樂心「咦」了一聲，喊：「糟了，我忘了帶我的洋娃娃呀！」

　　扮演若瑟的高立民氣得一踩腳

道：「我就知道你會這樣！我不是提醒過你要小心，千萬別把事情搞砸的嗎？」

　　文樂心急得手足無措地道：「怎麼辦？我不是故意的，真的很對不起啊！」

當瑪利亞的謝海詩皺起眉頭說：「先別追究了，我們當務之急是想辦法補救！」

高立民別轉

了臉，擺出一副不管不顧的樣子說：「既然是她的錯，便由她自己來承擔好了！」

可是，文樂心越是着急便越想不出辦法來，急得她都快要

哭出來了：「我想不到辦法呢，怎麼辦？怎麼辦？」

高立民忍不住發狠地道：「既然如此，就由你來當小耶穌好了！」

文樂心把眼睛瞪得比青蛙的眼睛還要大，道：「小耶穌是個剛出生的嬰兒，我怎麼可能扮嬰兒？」

大家聽了都吃吃地偷笑，只有高立民仍然板着臉孔說：「我不管，反正小耶穌又不會說話，你只要躺下來做做樣子便行了！」

同學們雖然笑破了肚皮，但沒有人反對高立民的意見，身為耶穌「母

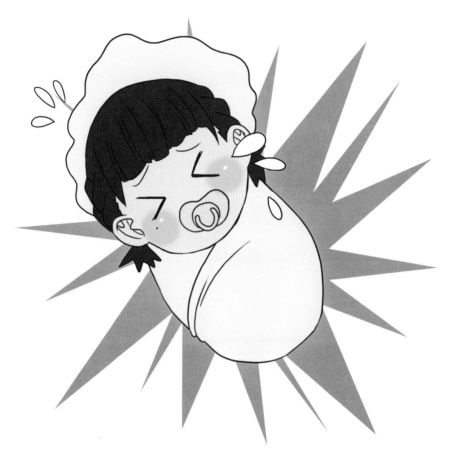

親」的謝海詩也點頭道：「由心心來
當耶穌雖然是有些牽強，但總比沒有
的好。」

文樂心見連旁觀的徐老師也沒有
異議，於是只好無奈接受了這個極不
像話的任務。

　　一切準備就緒後，話劇便正式開
始了，大家都表現得既認真又投入，
小朋友們都專注地欣賞着他們的演
出。

　　當他們演到
若瑟和瑪利

亞來到馬槽，小耶穌即將要降生的那一幕時，文樂心事先問關阿姨借來了一張雪白的牀單，把自己頭部以下的地方全包起來，然後蹲下身子，悄悄地走到飾演瑪利亞的謝海詩旁邊躺下

扮小嬰兒。

　　她以為自己的動作已經很利落，然而目光銳利的小觀眾們仍然發現了她，有人不禁疑惑地問：「咦，怎麼會有一位姐姐走出來的？她躺在地上是在扮演誰啊？」

　　另一個忖度道：「她全身用白布包着，會不會是在扮木乃伊？」

但立刻又有人反駁道：「不對不對，耶穌又不是在埃及出生，哪兒來的木乃伊？」

　　坐在旁邊當場務的江小柔忍不住解釋道：「她是在扮演小耶穌呢！」

　　「什麼？」孩子們雖然感到有些奇怪，但以為他們是故意在搞怪，於是都嘻嘻哈哈的捧腹大笑起來。

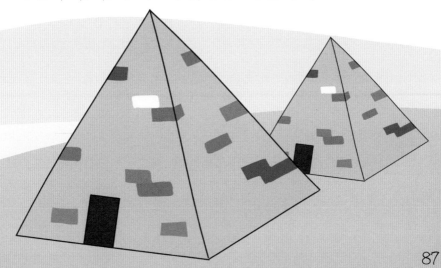

那位叫妮妮的小女孩，一邊看還一邊露出仰慕的神色，說：「哥哥姐姐們都很可愛呢，如果我能跟他們一起念同一所學校就好了！」

　　演出完畢後，文樂心見自己的失誤不但沒有影響演出，反而帶動了全場熱鬧的氣氛，心裏欣喜萬分，還特意走到高立民跟前耀武揚威一番，說：「看吧，全靠我的忘東忘西，你的短劇才大受歡迎呢！」

　　高立民翻了個老大的白眼，沒好氣地說：「真不害臊，人家是在嘲笑你呢，笨女生！」

第八章 彩虹紙鶴的祝福

　　當表演結束後，同學們都很有默契地站起身來，合力把數張摺疊桌子打開並排在一起，然後招呼小朋友們一起坐下，預備進行最後的節目。

　　文樂心從背包中取出一大疊色彩繽紛的手工紙，一邊分派給大家，一邊朗聲地說：「聖誕節即將來臨，我們想和大家一起摺聖誕花，以紀念我們今天的活動，大家覺得好嗎？」

　　小朋友們都拍手叫好，吳慧珠興高采烈地說：「太好了，如果媽媽知

道我可以不費一分一毫，便把家裏裝飾得美輪美奐，她一定會誇我呢！」

文樂心深有同感地笑笑，說：「對，一定會。」

當初決定負責這個項目後，她為了不容有失，便曾經在家苦練好幾百遍，還把摺好的聖誕花貼得滿屋都

是，當時她媽媽還開玩笑地説：「我們可以開花店了！」

　　而文樂心的努力並沒有白費，所有人都很認真地跟她一起摺，令第一

次當小老師的她感到十分有成就感。

　　不過，當她正樂滋滋地享受着當小老師的樂趣時，卻發現坐在她不遠

處的妮妮並不是在摺聖誕花，而是在摺紙鶴。

她一隻接着一隻地摺，每隻都摺得既認真又工整，手法相當純熟。

文樂心忍不住讚道：「喲，你摺的紙鶴很漂亮啊！」

得到文樂心的讚賞，妮妮很是高興，當即指着她的精心傑作說：「姐

姐你看，我做了一串彩虹紙鶴呢！」

　　妮妮把不同顏色的紙鶴，順着彩虹的顏色排列起來，串連成一串像彩虹一樣的紙鶴，十分漂亮悅目。

「為什麼摺這麼多紙鶴？你很喜歡紙鶴嗎？」文樂心好奇地問。

妮妮那雙烏亮的眼睛一眨一眨，以無比熱切的眼神望着文樂心，說：「我是在為媽媽祈福呢！醫生說媽媽下星期要做一個大手術，只要這次手術成功，我便可以跟她一起回家生活了！」

文樂心一聽也緊張起來，主動跟她說：「那麼我們跟你一起摺紙鶴吧，越多人為阿姨祈福，說不定她會痊癒得越快呢！」

「真的嗎？那太好了！」妮妮

笑逐顏開，臉頰上隨之漾起一對小梨
渦，樣子可愛極了。

　　大家一呼百應，就連搗蛋鬼黃子
祺也罕有地埋頭苦幹，然而他在摺紙
這方面的確欠缺天分，摺了老半天，
也只能摺出一隻四不像來。

謝海詩故意扯高嗓門問道：「噯喲，黃子祺，你這隻是什麼怪物啊？」

黃子祺當然不願意在女生面前認輸，只好信口瞎編一番：「我這一隻是超級特種紙鶴，不但外型獨特，盛載的祝福也特別多呢！」

看通了他的心思的謝海詩才不相信他，只抿了一下嘴唇說：「吹牛大王！」

羣眾的力量果然不可小覷，在大家共同的努力下，不過眨眼之間便摺出了一桌子彩虹紙鶴了。

　　妮妮高興得拍手歡呼，連聲感激地道：「謝謝各位哥哥姐姐啊！」

　　文樂心看着妮妮天真爛漫的笑容，心中泛起一陣莫名的感動，不由自主地上前握着她的手，誠心地說：「祝福你們，願阿姨可以早日康復！」

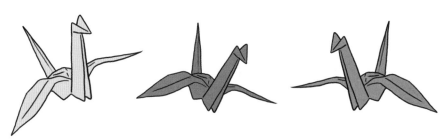

第九章　最深刻的體會

　　翌日早上是學校一年一度的聖誕聯歡會，教室內的書桌早已搖身一變成為放滿各種食物和飲料的餐桌，預備招待各位同學。

　　大家面對美食當前都十分興奮，
饞嘴的吳慧珠自然更是食指大動，忍
不住舔了舔嘴唇，說：「噢，太棒了，
這些都是我最喜愛的食物呢！」

由於有徐老師在場，吳慧珠不敢擅自行動，只好勉強壓抑住高漲的食慾，乖乖坐在旁邊的椅子上靜候，然而食物的香氣卻一陣接着一陣地刺激着她的嗅覺，令她的肚子不斷「咕嚕咕嚕」地在抗議。

偏偏徐老師仍然興致勃勃地在

問東問西：「昨天的探訪活動由於空間有限，未能讓所有同學一起參與，我想邀請有份出席的同學跟我們分享一下他們的經歷和感受，好嗎？」

除了覺得自己快要餓死的吳慧珠外，所有人都很歡迎老師的提議，江

小柔還搶先站起來，以一貫溫柔的聲
線說：

> 這是我第一次在學校以外的地方
> 唱歌，知道自己的演出能為別人
> 帶來歡樂，我覺得特別有意義。

高立民有意無意地盯了文樂心一
眼，才緩緩地說：「在演出的過程中，

我們雖然出現了意想不到的失誤，也曾經為此而擔心過，但原來小朋友們非但不介意，反而看得更津津有味，這令我體會到享受演出的過程才是最重要的。」

黃子祺見他有此一說，於是也不甘後人地道：「對啊，當初我也挺在意別人會取笑我的歌聲，沒想到反而可以為大家帶來歡樂！」

謝海詩抿了抿嘴笑道：「你錯了，能逗大家發笑的並不是你的歌聲，而是你的臭屁呢！」

此語一出，同學們都哄堂大笑。

徐老師橫了謝海詩一眼，道：「這是正常的生理反應，大家不許取笑同學！」

接着輪到文樂心發言了，她一想起妮妮和她媽媽的事情，心裏便不免有些忐忑，但自己又愛莫能助，只好感慨地

道：「經過這次探訪，我才體會到原來自己真的很幸福，往後我會學懂珍惜的。」

徐老師點頭笑道：「看來你此行的收穫很豐富啊！」

正當周志明也舉手想要說點什麼之際，等待已久的吳慧珠終於按捺不住地說：「徐老師，我也有一個很深的體會呢！」

徐老師回頭問道：「哦，是什麼？」

她撫着肚皮，不好意思地嘻嘻一笑說：「我的體會就是：我現在的肚子很餓，很想快點吃東西呢！」

她的話還未說完，全班同學便

已笑得前仰後合，連徐老師也忍俊不禁。

　　胡直也有點不好意思地撫了撫肚皮，呵呵笑道：「這不只是你的體會，而是我們所有人的體會呢！」

徐老師笑着拍了拍手道：「好吧，那麼大家便盡情吃吧！」

「萬歲！」早已虎視眈眈的吳慧珠歡呼一聲，立刻老實不客氣地朝着食物的方向奔去，其他同學也緊隨她的步伐，唯獨文樂心仍然傻乎乎地呆在原地。

江小柔推了她一把，問：「心心，你在想什麼如此入神？」

文樂心搖搖頭道：「沒什麼，我只是在想着妮妮的事情而已。」

「放心吧，她媽媽一定會沒事的！」小柔安慰她道。

第十章 滿載祝福的包裹

這天夜裏吃飯時，文樂心滔滔不
絕地跟爸爸媽媽分享探訪時的種種趣

事，當聽到有關妮妮的事情時，文媽媽欣賞地點點頭道：「心心，這件事你做得很好，我們是應該多關心別人的。」

文樂心這時卻收起了笑容，顯得有些憂心地說：「可是，妮妮的媽媽病情似乎很嚴重，這個聖誕節，相信妮妮一定會過得很不安吧？」

文媽媽理解地說：「一旦遇上自己的至親在健康上出現問題，縱使是大人也會感到無助和不安，更何況她只是個孩子？這件事雖然我們沒法子幫忙，但你可以像朋友一樣安慰她

啊！一個人難過的時候，如果能夠得到別人的關心，感覺一定會舒坦得多。」

文樂心想起每逢自己心情不佳，只要有好朋友江小柔跟自己說說笑笑，的確很快便會把不開心的事情忘記得一乾二淨。

不過，她還是有些不解，於是問媽媽：「我們只是偶然去兒童院舍探訪一次，她不是學校裏的同學，我們根本沒有碰面的機會啊！」

文媽媽微笑着說：「你可以寫一封信給她啊！你甚至不必告訴她你是

誰，只要讓她知道有人在關心她就行了！」

得到媽媽的啟發，文樂心心念一動，問：「媽媽，你明天下午有空嗎？」

媽媽一怔：「有什麼事嗎？」

文樂心神秘地一笑道：「沒什麼，我只是想去買一份聖誕禮物。」

「你已經想好今年要什麼聖誕禮物了嗎？」媽媽疑惑地問。

她賣關子地笑笑道：「明天你便知道了！」

第二天下午，文樂心真的拉着媽

媽跑進一間百貨公司挑選禮物。

她首先來到玩具部，在那些琳琅滿目的貨架前徘徊了好一陣子，卻始終沒有主意要買些什麼。

「你到底想要什麼啊？」文媽媽無奈地問。

「我也不
知道啊⋯⋯」文樂心
迷惘地說。

　　她們在百貨公司內漫無目的
地走着，當經過一個專門售賣手套、
圍巾、帽子等禦寒衣物的專櫃時，文

樂心忽然靈機一動，跑上前東摸摸西碰碰的，挑了好一會兒，才看中了一條深藍色、印着碎花圖案的圍巾。

文樂心把圍巾拿起來置在襟前，然後回頭問媽媽：「你覺得這個好看嗎？」

文媽媽看了看她，又看了看圍巾，搖搖頭道：「這條圍巾的用料很不錯，但它的顏色太深沉了，跟你這種小女生不大搭配，倒是更適合媽媽這種年紀呢！」

誰知文樂心開心地一拍手，說：「這就對了！我正想找一份這樣的禮物呢！」

「什麼意思？」她的話令文媽媽摸不着頭腦。

文樂心這才笑嘻嘻地解釋道：「其實，我原本打算用媽媽送禮物給我的錢，買一份禮物送給妮妮。不過後來我又想，既然妮妮的一門心思都落在母親身上，那麼有什麼會比為她送上一份禮物給她媽媽，來得更貼心呢？」

聽到這兒，文媽媽才總算弄明白

是怎麼一回事。對於女兒能有這樣一份心思，她不禁既詫異又欣慰。她深深地看了女兒一眼，喜悅地說：「我的心心長大了，懂得關心別人，真好！」

　　回到家後，文樂心還特意找來一

張印有紅色心形圖案的包裝紙，把圍
巾包裹得嚴嚴實實後，連同一張預先
寫好的聖誕卡，拿到郵局寄出。

在包禮物的時候，她心裏還一直
暗暗祈願，希望能把自己對妮妮的祝
福也包裹在裏頭，一併送到妮妮那兒
去。

第十一章 誰是聖誕姐姐

一個多月後的一

天早上，文樂心如常地

回到學校，當經過學校的公告欄時，

發現那兒擠滿了看熱鬧的人羣。

「怎麼回事了？」她好奇心大

起，正要上前看個究竟，卻見江小柔已經一個箭步地跑了過來，拉着她的手便直往公告欄跑，像有什麼怪事發生了似的說：「心心，你快來看看！」

「到底發生什麼事啊？」文樂心更覺疑惑。

她來到公告欄前一看，只見公告欄上貼着一封用漂亮的卡通信紙所寫的信，寄信人的署名是妮妮，而收信的人是──聖誕姐姐。

文樂心心頭猛然一跳：「噢，是妮妮呢！」她趕忙再湊近一點，把信中的內容仔細地讀了一遍：

親愛的聖誕姐姐：

　　你好嗎？收到你的聖誕卡和禮物，讓我度過了一個多年來最驚喜的聖誕節。謝謝你。

　　你知道嗎？在苦苦等待的這段日子，我其實一直睡不好，但自從收到你那張帶着祝福的聖誕卡後，我便能安然入睡，真是神奇極了。媽媽很喜歡你送給她的圍巾，連睡覺也捨不得把它脫掉呢！

　　醫生說媽媽的手術很成功，只要再多等幾個月，待她的體力恢復及找到工作後，我便可以回家跟她團聚了。我

知道，一定是因為有了哥哥姐姐們的祈福，我們才能如此幸運，真的很感謝你們。

　　聖誕姐姐，關阿姨說你們都很忙，不能經常來探訪我們，但我還是很期待能再跟你們見面，可以嗎？

　　祝你們
生活愉快
身體健康

　　　　　　　　　　妮妮敬上
　　　　　　　　　　一月三十日

「可以啊，當然可以！」文樂心雖然知道這件事並非她自己能作主，但當她一讀完妮妮的來信，心裏便早已答應她千遍萬遍了。

　　對於妮妮媽媽的事情，文樂心自問沒能幫上什麼忙，充其量只是寄了一份禮物給她而已，但對於自己能在妮妮最彷徨的時刻，為她添上一絲溫暖，她也感到十分欣喜。

忽然，她聽到身後的胡直疑惑地說：「奇怪，這個發信人分明就是那天我們為她摺紙鶴的那個小女孩吧？她口中所說的聖誕姐姐到底是誰呢？」

高立民思疑地瞄了文樂心一眼，接着又搖搖頭加以否定：「肯定不會是小辮子！」

「該不會是吳慧珠吧？不可能！難道是謝海詩或者江小柔？也不像是她們啊。可是，有份參與探訪活動的女生不就只有這幾個嗎？」胡直有點被弄糊塗了。

文樂心聽在耳裏，卻沒有聲張，更沒有說破，只回頭跟江小柔交換了一個會心的微笑，便拉着江小柔悄然

地走開了。

　　就任由他們胡亂猜測好了，反正她做這件事的目的不過是想讓妮妮開心而已，現在知道她和媽媽能得以重聚，便是她最安慰的事。

　　就在這一剎那，她深深體會到什麼是「施比受更有福」。這種快樂，是她即使收到再多的聖誕禮物，也無法感受得到的。

第十二章　把快樂化作祝福

這天晚上，當文樂心跟爸爸和媽

媽一起坐在沙發上看電視時，文媽媽

不經意地問她：「心心，你的生日快
到了，打算怎麼慶祝啊？」

　　「我想去主題樂園玩！」文樂心
不假思索地說。

「去主題樂園要花不少錢啊！」
文媽媽頓時臉有難色。

　　文樂心嘟起小嘴，撒嬌地搖着媽
媽的手，說：「求求你就答應我吧，
我已經有兩年多沒有去過了，再不去

的話我便差不多要超齡了啦！」

文媽媽回頭以詢問的目光望向文爸爸。

文爸爸看着文樂心那副熱切渴望的神情，只好妥協地道：「好吧，就當作是爸爸媽媽送給你的生日禮物吧！」

「太好了，爸爸媽媽萬歲！」文樂心開心得手舞足蹈。

就在這時，客廳的電視屏幕播出一則突發新聞：「傍晚六時，一輛貨車在公路上行駛時突然失控，撞向正在行人路上的一家四口，兩名年約

五、六歲的小童受了輕傷，敷藥後已無大礙，但同行的父母則證實傷重身亡，社會福利署人員已安排兩名小童暫時入住兒童院舍，有待作進一步安排。」

文媽媽搖頭歎息道：「哎喲，他們豈不是變成孤兒了嗎？真可憐！」

本來興高采烈的文樂心也感到心頭不安，只可惜她無法為他們做些什麼。

霎時，她的腦海靈光一閃，一個念頭從天而降。

她深深地吸一口氣，下了一個決定，說：「爸爸媽媽，我不要去主題樂園了。」

「為什麼？」爸爸和媽媽很是愕然。

她一本正經地說：「因為我想把購買門票的錢，全部捐到兒童院舍，幫助那兩個失去父母的孩子。」

文媽媽心領神會地一笑。有了上次買禮物的經驗，對於女兒的決定她並不感到意外，不過為免她只是一時衝動，於是她不厭其煩地向她再確認一次：「你真的決定不去主題樂園慶祝生日了嗎？」

文樂心語氣堅定地說：「能夠去主題樂園慶祝生日，我當然是很高興，但是如果我能把這份快樂轉化成對別人的祝福，我覺得我會更快樂。」

爸爸和媽媽一下子都被她感動得眼泛淚光。

　　文爸爸豎起大拇指，樂不可支地連聲笑道：「好好好，真是我文家的好兒女！」

　　得到父母的讚揚，文樂心感到一陣甜絲絲的，於是也就更加確定自己的決定是正確的。

生日當天的早上，取消了主題樂園之約的文樂心悠閒地坐在客廳看書自娛，當她看得正入迷之際，門鈴突然響了起來。

同樣坐在沙發上的文媽媽，懶洋洋地吩咐道：「心心，快替我去開門吧！」

文樂心看了一眼正在看電視的哥哥文宏力，有些不滿地努着嘴巴嘮叨：「怎麼要我去嘛？今天是我的生日，這些勞動的工作不是應該免役嗎？」說着雙腳不情願地走向大門。

門一開，一位穿着制服的快遞員

叔叔捧着一個大包裹，説：「請問這兒是文樂心小朋友的家嗎？」

文樂心一怔道：「對呀，我就是文樂心。」

快遞員叔叔微笑着説：「小朋友，這個包裹是寄給你的，請簽收。」

「我的？」文樂心好不詫異，但她不敢擅自簽收，只好回頭喊媽媽。

　　「這個四四方方的大包裹，裏面到底會是什麼東西呢？」文樂心好奇得要命，快遞員叔叔才剛走，她便迫不及待地追問：「媽媽，這是什麼？是誰寄來的？」

文媽媽饒有深意地笑道：「你自己打開來看看便自有分曉啊！」

　　文樂心急忙拆開包裝紙一看，原來裏面是一盒城堡積木呢！

　　「呵呵！是我一直想要的城堡積木啊！」她高興得又叫又跳。

驚喜過後，她開始疑惑地自言自語道：「怪了，是誰會知道我的生日？而且還知道我最喜歡這盒積木呢？」

　　她拾起地上的包裝紙，發現寄件人的地址正是爸爸工作的地方，她恍然大悟地道：「是爸爸送給我的？」

　　一直故作神秘的文媽媽這時才笑着說明：「我們的乖女兒，這是爸爸媽媽特意為你安排的生日驚喜呢！」

　　文樂心感動極了，連忙跑上前擁着媽媽，感激地連聲說：「謝謝爸爸、媽媽！」

鬥嘴一班
最溫暖的聖誕

作　　者：卓瑩
插　　圖：Chiki Wong
責任編輯：劉慧燕
美術設計：李成宇
出　　版：新雅文化事業有限公司
　　　　　香港英皇道 499 號北角工業大廈 18 樓
　　　　　電話：(852) 2138 7998
　　　　　傳真：(852) 2597 4003
　　　　　網址：http://www.sunya.com.hk
　　　　　電郵：marketing@sunya.com.hk
發　　行：香港聯合書刊物流有限公司
　　　　　香港荃灣德士古道 220-248 號荃灣工業中心 16 樓
　　　　　電話：(852) 2150 2100
　　　　　傳真：(852) 2407 3062
　　　　　電郵：info@suplogistics.com.hk
印　　刷：中華商務彩色印刷有限公司
　　　　　香港新界大埔汀麗路 36 號
版　　次：二○一六年十一月初版
　　　　　二○二一年三月第六次印刷

ISBN: 978-962-08-6695-1

鬥嘴一班學習系列

- 每冊包含《鬥嘴一班》系列作者卓瑩為不同學習內容量身創作的 全新漫畫故事，從趣味中引起讀者學習不同科目的興趣。
- 學習內容由 不同範疇的專家和教師 撰寫，給讀者詳盡又扎實的學科知識。

本系列圖書

中文科

漫畫故事創作：卓瑩
學科知識編寫：宋詒瑞

介紹成語的解釋、典故、近義和反義成語，並提供實用例句和小練習，讓讀者邊學邊鞏固成語知識。

漫畫故事創作：卓瑩
學科知識編寫：宋詒瑞

介紹常見錯別字的辨別方法、字義、組詞和例句，並提供辨字練習，讓讀者實踐所學，鞏固知識。

常識科

漫畫故事創作：卓瑩
學科知識編寫：新雅編輯室

透過討論各種常識議題，啟發讀者思考「健康生活、科學與科技、人與環境、中外文化及關心社會」5大常識範疇的內容。

數學科

漫畫故事創作：卓瑩
學科知識編寫：程志祥

精心設計 90 道訓練數字邏輯、圖形與空間的數學謎題，幫助讀者開發左腦的運算能力和發揮右腦的創造潛能。

定價：$78 / 冊